Catalogage avant publication de Bibliothèque et Archives Canada

Bar-el, Dan
[It's great being a dad. Français]
    J'adore être papa / Dan Bar-el ; illustrations de Gina Perry ;
texte français de Marie-Josée Brière.

Traduction de : It's great being a dad.
ISBN 978-1-4431-5987-6 (couverture souple)

    I. Perry, Gina, 1976-, illustrateur II. Brière, Marie-Josée, traducteur
III. Titre. IV. Titre: It's great being a dad. Français.

PS8553.A762291814 2017   jC813'.54   C2016-907536-2

Édition publiée par les Éditions Scholastic, 604, rue King Ouest, Toronto (Ontario)
M5V 1E1 avec la permission de Tundra Books.

5 4 3 2 1   Imprimé au Canada 119   17 18 19 20 21

Les illustrations de ce livre ont été faites à la gouache et à l'aide de Photoshop.
Le texte a été composé avec la police de caractères Neutra Display.
Conception graphique : Five Seventeen

À Rose, qui a fait jaillir l'étincelle, et à Randi, qui m'a donné une chance.

– DB

À mes amours : la licorne Piper, le robot Miles et le papa Kristian.

– GP

FSC
www.fsc.org
MIXTE
Papier issu de
sources responsables
FSC® C103113

J'adore être papa

Dan Bar-el

Illustrations de Gina Perry

Texte français de Marie-Josée Brière

Éditions **SCHOLASTIC**

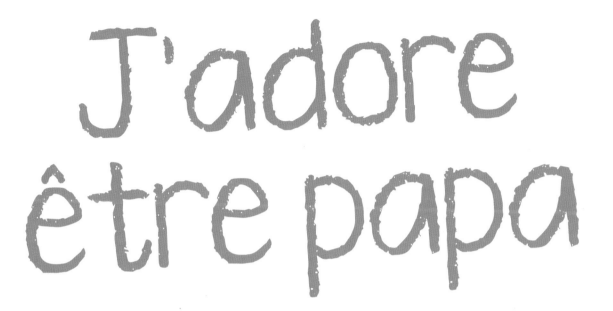

J'adore être une licorne. C'est super d'être une licorne.
Tout le monde aimerait être une licorne, n'est-ce pas?
Je saute avec grâce et je suis très jolie. Et surtout,
j'ai une adorable petite corne juste au-dessus des sourcils.

Alors, qu'est-ce qui est embêtant quand on est une licorne?

Brouter, ça, c'est embêtant!

Essaie, toi, de manger de l'herbe avec un truc pointu qui sort de ton front.
Que tu t'y prennes par la gauche ou par la droite, c'est impossible.

Tu es là, sur le point de manger quelque chose de délicieux sur une table...

et tout à coup, tu te retrouves avec la table coincée sur ton adorable petite corne!

J'adore être un Sasquatch. C'est super d'être un Sasquatch.
Tout le monde aimerait être un Sasquatch, n'est-ce pas?
Je suis couvert de fourrure, alors je n'ai jamais froid. Je suis difficile
à trouver, alors j'ai la paix. Et je suis super fort, alors je peux aider les
licornes à enlever les tables qu'elles ont sur la tête.

Alors, qu'est-ce qui est embêtant quand on est un Sasquatch?

Avoir de grands pieds, ça, c'est embêtant!
Tu es là, sur le point d'aider une amie, et tout à coup, tu te rends
compte qu'un de tes grands pieds est passé à travers un tronc d'arbre.

C'est super d'être un robot. Si j'avais des sentiments, j'adorerais être un robot. Tout le monde aimerait être un robot, n'est-ce pas?

J'ai plein de lumières clignotantes, alors je suis facile à voir dans le noir. J'ai beaucoup de mémoire, alors je n'oublie jamais les anniversaires. Et j'ai un bras qui se transforme en scie, alors je peux aider les licornes et les Sasquatch à se débarrasser de leurs pièges en bois.

Alors, qu'est-ce qui est embêtant quand on est un robot?

La pluie, ça, c'est embêtant!
Tu es là, sur le point de prouver que les robots sont des êtres supérieurs,
et tout à coup, tu te mets à rouiller et tes jointures se bloquent.

Ce n'est pas vraiment super d'être le monstre du Loch Ness. En fait, je déteste être le monstre du Loch Ness. Qui aimerait être le monstre du Loch Ness, de toute manière?

D'abord, je suis un monstre. Du moins, je suis censé en être un. C'est ce que tout le monde me dit. Je ne me sens pas l'âme d'un monstre, mais les étiquettes, ça colle à la peau.

Alors, qu'est-ce qu'il peut y avoir de bon quand on est le monstre du Loch Ness?

J'adore être une maman-fée-ballerine-médecin.
C'est super d'être une maman-fée-ballerine-médecin.
Tout le monde aimerait être une maman-fée-ballerine-médecin, n'est-ce pas?

Si tu es malade, je peux te donner des médicaments.
Si tu es triste, je peux te faire une danse joyeuse.

Si tu as des problèmes avec ton bras-en-scie...

ou avec ta corne sur la tête ou avec ton grand pied,
je peux me servir de ma baguette magique.

Alors, qu'est-ce qui est embêtant quand
on est une maman-fée-ballerine-méd...

Un vilain pirate-alligator-volant, ça, c'est embêtant!
Juste au moment où je m'apprête à tout arranger,
il plonge sur moi et me vole ma baguette magique!
PAPA!

J'adore être un vilain pirate-alligator-volant. C'est super
d'être un vilain pirate-alligator-volant. Tout le monde aimerait
être un vilain pirate-alligator-volant, n'est-ce pas?

Je ne fais pas de bruit, alors personne ne m'entend venir.

Je peux voler, alors personne ne peut
m'attraper. Et... Et... Et ça suffit comme raisons.

Alors, qu'est-ce qui est embêtant quand
on est un vilain pirate-alligator-volant?

Un papa, ça,
c'est embêtant!

J'adore être papa. C'est super d'être papa.

Je peux libérer les licornes de leur table et les Sasquatch de leur tronc d'arbre.

Je peux huiler les bras-en-scie rouillés et récompenser
les monstres serviables.
Je peux rendre les baguettes magiques aux... aux...

« Aux mamans-fées-ballerines-médecins.
Je te l'ai déjà dit un million de fois. »

C'est ça.
Exactement.

Les métamorphoses imprévues,
ça, c'est embêtant!